OS MITOS GREGOS E A
MÚSICA

Os mitos gregos e a música – lições sobre mitologia, história e filosofia

Gerente editorial	Fabricio Waltrick
Editora assistente	Fabiane Zorn
Estagiários	Alexandre Cleaver, Marina Constantino
Colaboradora	Lígia Azevedo
Coordenadora de revisão	Ivany Picasso Batista
Revisoras	Cátia de Almeida, Cláudia Cantarin

ARTE

Projeto gráfico	Juliana Vidigal, Thatiana Kalaes
Ilustração de capa	André Diniz
Coordenadora de arte	Soraia Scarpa
Assistente de arte	Thatiana Kalaes
Estagiária	Izabela Zucarelli de Freitas
Diagramação	Lilian Mitsunaga
Tratamento de imagem	Cesar Wolf, Fernanda Crevin
Pesquisa iconográfica	Angelita Cardoso, Silvio Kligin (coord.)
Crédito das imagens	p. 68: © Olimpiu Pop/Shutterstock/Glow Images; p. 69: © Paul Panayiotou/Corbis/Latinstock (esq.) e © Stefano Paterna/Alamy/Other Images (dir.); p. 70: © The Art Archive/National Archaeological Museum Athens/Gianni Dagli Orti/Agência France-Presse; p. 72: © Tatiana Popova/Shutterstock/Glow Images.

CIP-BRASIL. CATALOGAÇÃO NA FONTE
SINDICATO NACIONAL DOS EDITORES DE LIVROS, RJ

M338d

Martinho, Marcos
Os mitos gregos e a música: lições sobre mitologia, história e filosofia / roteiro Marcos Martinho; arte André Diniz. - 1.ed. - São Paulo : Ática, 2013.
72 p. : il. - (Pandora)

Inclui apêndice
ISBN 978-85-08-15367-1

1. Mitologia grega - Literatura infantojuvenil. 2. Música - Literatura infantojuvenil. 3. Literatura infantojuvenil brasileira. I. Prieto, Heloisa, 1954-. II. Diniz, André. III. Título. IV. Série.

11-6367. CDD: 028.5
CDU: 087.5

MISTO
Papel produzido a partir de fontes responsáveis
FSC® C101537

ISBN 978 85 08 15367-1 (aluno)
ISBN 978 85 08 15368-8 (professor)
CAE: 273087 AL / Código da obra CL 737915

2018
1ª edição
3ª impressão
Impressão e acabamento:RR Donnelley

Avenida das Nações Unidas, 7221 – CEP 05425-902 – São Paulo, SP
Atendimento ao cliente: 4003-3061 – atendimento@atica.com.br
www.atica.com.br

Os mitos gregos e a Música

Lições sobre mitologia, história e filosofia

Roteiro
Marcos Martinho

Arte
André Diniz

Coordenação
Heloisa Prieto

editora ática

Uma viagem entre o passado e o presente

O que a música dos antigos gregos tem a ver com a sua vida? Não possuímos vestígios arqueológicos suficientes para reconstruir as melodias e não sabemos como soariam. Então, por que aprender algo sobre isso?

Sabemos que os gregos eram grandes estudiosos da música. Sistemas de escalas foram desenvolvidos por matemáticos, como Pitágoras, e eles tinham até uma deusa chamada Harmonia. Em festivais de adoração às divindades eram realizadas competições esportivas, dramatizações, procissões, sacrifícios — atividades quase sempre acompanhadas de música! Mas a função das melodias poderia ser também de puro entretenimento: elas eram cantadas e tocadas na vida privada, dentro das casas, após o jantar, em casamentos, etc.

De início, então, já podemos perceber uma grande semelhança entre os gregos antigos e nós: também empregamos a música em diversos momentos do cotidiano, tanto em cerimônias como no aconchego do lar. Ouvir uma canção por prazer, admirar cantores e instrumentistas e torcer por eles em concursos são apenas alguns de nossos gostos em comum.

A música é apenas uma parte do que foi a cultura grega, mas nela podemos descobrir um mundo. Ao ouvir as histórias da mitologia, compreendemos melhor o modo como os gregos se expressavam através da música, e nela encontramos informações sobre outros aspectos de sua cultura: a fé, a ciência, a filosofia, a história, etc. Todo esse conhecimento está intimamente ligado.

Antes de qualquer coisa, portanto, precisamos entender como era a antiga sociedade grega: seus costumes, o que pensavam, como agiam na política, nas guerras, nos momentos de descontração... E, para isso, convidamos você a embarcar numa viagem que extrapola o destino marcado no mapa e se torna uma verdadeira viagem de ideias. A partir do sítio arqueológico de Delfos, na Grécia, vamos explorar passado e presente, mito e história.

Acompanhe os irmãos Fê e Gu, o guia Pausânias e o tio Hermógenes nessa missão. Como um arqueólogo, você vai reconstruir, peça por peça, este quebra-cabeça que monta as bases de nossa própria sociedade. Nesta jornada por quadrinhos, diálogos e contos, você tem ainda outro grande objetivo: divertir-se!

Os editores

MERCOSUL
PASSAPORTE
50
50 EURO
50
N
L
S
O

Começando a Aventura

Adivinha esta! Fica abaixo de você, mas você não consegue saltar acima. O que é?!
Ah, chega! Cansei das suas charadas...
PALAIA ETHNIKI ODOS ATHINON-LAMIAS
Cansou ou desistiu? Gu, tô achando a sua inteligência hoje meio devagar...
Não, Fê, a sua imaginação é que nunca para de "divagar"...
Ó *páides*, eu já disse isso mais de uma vez: nem uma coisa nem outra é boa. Imaginação sem inteligência só serve para viver no mundo da lua, e inteligência sem imaginação não consegue dar o pulo do gato.
Isso também é charada?
Ei, Pausânias, fazia tempo que você não chamava a gente de *páides*!
É verdade, desde a última vez em que você veio ao Brasil!
Vim, não, pequena Gu, fui..., porque desta vez, enfim, vocês é que vieram ao meu país: *Hellás*!
ΔΕΛΦΟΙ
DELFOS
É verdade, enfim a gente veio à Grécia conhecer o seu país e também ver onde o nosso tio Hermógenes tá trabalhando desta vez!
Pois é, eu sabia que ele tava trabalhando longe, mas não sabia que era tanto assim! Já faz quase duas horas que a gente saiu de Atenas!

A viagem tinha sido mesmo muito longa. Não há voo direto para quem sai do Brasil com destino a Atenas; é necessário fazer ao menos uma escala. Nesse caso, o trajeto mais curto é o que faz escala em Roma, e dura mais de 15 horas. O passageiro desembarca, então, em Eleftherios Venizelos, o aeroporto internacional de Atenas. Quem daí quiser seguir para Delfos terá ainda de percorrer cerca de 200 quilômetros — por exemplo, por uma das estradas que passam por Levadia, a Palaia Ethniki Odos Athinon-Lamias.

É verdade que Fê não gostava muito de viajar, mas as duas horas de estrada, somadas às 15 de voo, eram demais para qualquer um. Ainda assim, nada é entediante quando Fê e Gu estão juntos. Já eram alguns quilômetros de muita charada que aquele inventivo garoto propunha à irmã, sempre perspicaz. E Pausânias, amigo grego do tio Hermógenes, não ficava fora do jogo:

— Ó *paîdes*, o lugar onde seu tio está não fica longe; os outros lugares é que ficam longe dele!

— Ih, mais charada! — exclamou Gu.

— Delfos era considerada pelos antigos gregos o centro do mundo, e o centro do mundo fica no centro; o resto é que fica mais ou menos longe dele — explicou Pausânias.

— Então o tio Hermógenes é o guia do centro do mundo?! — concluiu Fê.

— Oh, não! Guia, *exegetés*, sou eu. O professor Hermógenes é cientista! Ele é arqueólogo!

Fê logo imaginou que iam descobrir lugares perdidos, enfrentar grandes perigos; mas Gu o conteve, dizendo que arqueologia era coisa séria — era ciência! Não pela primeira vez, o bom senso de Gu tentava moderar a fantasia do irmão — zelos de irmã mais velha... Já Pausânias, como costumava fazer em tais ocasiões, ponderou:

— Ciência e também arte. Delfos tem as duas coisas.

— Arte?! Não vai dizer que tem museu! — exclamou Fê.

— Se for isso, a gente pode se preparar pra ficar horas lá. Porque o tio Hermógenes, quando entra num museu, só sai de lá arrastado — advertiu Gu.

— Ha, ha, isso é bem verdade! — riu Pausânias. — Afinal, para quem se interessa por arqueologia, museus são como bibliotecas para quem gosta de ler... Mas eu não me referia aos objetos de arte guardados no museu de Delfos, e sim às artes praticadas lá muito antes da fundação do museu.

Fê, o deus que fabricava objetos de arte não era bem Apolo, e sim Hefesto. Não se lembra dos mitos dos deuses? O tio Hermógenes e Pausânias vivem falando deles.
Hefesto morou nove anos no fundo do mar, e aí fez todo tipo de joias pra deusa marinha, Tétide.
Joias!... Coisa de menina, Gu...
E o escudo de Aquiles, Fê? Também é coisa de menina?
Ah, Aquiles! Venceu Héctor na guerra de Troia! Então Hefesto também fazia coisas de heróis.
Não só coisas, Fê. Foi Hefesto que modelou o corpo da primeira mulher: Pandora.
Mas é muito mito, Gu, e são muitas artes...

Ainda hoje a adivinhação faz parte do cotidiano dos gregos. Eles preparam o café misturando o pó diretamente na água, sem mexê-lo, para que ele se acumule no fundo da xícara. Depois de terem bebido o líquido, alguns examinam o modo como o pó se depositou para prever o futuro. Mas não era a esse tipo de adivinhação que Pausânias se referia, senão àquele praticado pelos gregos antigos:

— A adivinhação era a base do culto de Apolo. O deus era capaz de prever o futuro, e as pessoas se dirigiam ao templo dele justamente para consultá-lo sobre o porvir. Além disso, Apolo enunciava sua previsão por meio de frases obscuras — digamos, por meio de charadas —, e as pessoas tinham de ser capazes de decifrar o sentido das palavras do deus.

Fê achou curiosa a explicação, pois Apolo adivinhava o futuro das pessoas, mas estas tinham de adivinhar o que aquele tinha adivinhado. Não entendia por que, então, as pessoas já não tentavam adivinhar seu próprio futuro.

— Fê, não seja tão literal — aconselhou a irmã.

Pausânias sabia como cada um entendia as coisas; por isso, ponderou:

— Mas, pequena Gu, foi assim que muitos fizeram: foram literais, e não simbólicos, isto é, pararam no sentido mais superficial das palavras do deus, e não alcançaram o sentido mais profundo. Daí, ao tentar evitar o que tinham entendido das palavras, foram de encontro, sem perceber, ao que estava subentendido nelas.

— Não disse que era mais fácil já tentarem descobrir o que tinham de fazer do que tentarem decifrar o subentendido do não entendido?! — insistiu Fê.

Pausânias explicou que, para consultar o deus, as pessoas tinham de estar purificadas. Para purgar os males do corpo dispunham da medicina; para os da alma, tinham a música.

— Ah, sim, quem canta os males espanta! — concluiu Fê.

Pausânias divertia-se com as comparações de Fê, tanto quanto se admirava do discernimento de Gu. Explicou, então, que Apolo, deus músico, prezava a harmonia, sobretudo a harmonia do corpo com a alma.

— Não disse?! — exclamou Fê. — Apolo não gosta dos desafinados.

O território grego é montanhoso; assim, as estradas costumam ser íngremes e curvas. No outono e inverno, o clima é úmido e costuma nevar, o que torna as estradas ainda mais perigosas. Por isso, acidentes de trânsito não são incomuns nas rodovias gregas. O que Pausânias testemunhava, porém, não era nenhum acidente de trânsito, mas uma simples confusão entre motoristas.

Enquanto isso, no carro, Fê lamentava o engarrafamento. Gu, ao notar que Pausânias entrara na conversa dos motoristas, desenganou o irmão:

— Agora é que a viagem vai demorar, Fê. Sabe como é Pausânias, quando começa a contar história.

— Eu gosto quando ele conta mito!

— O tio Hermógenes também conta mito.

— Ah, mas Pausânias conta melhor!

— Não é que ele conta melhor, Fê; ele faz como você: usa a imaginação, aumenta tudo, e tudo fica fabuloso. Já o tio Hermógenes prefere raciocinar, explicar como as coisas que parecem grandes nos mitos eram, na origem, banais... Olha lá!

O solo acidentado e pedregoso da Grécia parece ter empurrado os gregos para a costa, onde fundaram muitas cidades às margens do mar Mediterrâneo; por isso, aliás, um antigo filósofo disse que eram como rãs vivendo à beira da lagoa. Daí, fácil se aventuraram ao mar, de modo que se tornaram exímios navegadores. Assim, foi graças à sua frota que nos tempos antigos as cidades gregas puseram fim às investidas dos temidos persas, e no passado recente a Grécia rechaçou os otomanos e recuperou sua independência. Não por acaso, o santo da navegação, são Nicolau, é o padroeiro de toda a Grécia. No dia 6 de dezembro, dia do santo, ele é celebrado pelos navegantes, e a marinha homenageia-o com uma cerimônia realizada na Academia Naval da Grécia. Nem é de estranhar que entre os gregos, tão ligados ao mar, corra muita "história de pescador". Fora uma dessas que Pausânias acabara de ouvir:

— Aquele trevo tem história!

— História ou mito, Pausânias? — insinuou Gu.

— A história daqueles dois sujeitos pelos quais acabamos de passar. O mais moço é filho de um grego que de jovem se alistara na Marinha mercante e costumava viver de cidade em cidade. Um dia, na Itália, conheceu uma moça, com a qual teve um filho.

— Filho? Já sei: o sujeito mais moço — deduziu Gu.

— Exatamente! Mas, como todo marinheiro, o pai continuou a viajar e, com o tempo, não deu mais notícia do seu paradeiro.

— Que história mais triste! — lamentou Fê.

Pausânias, porém, contou que o filho resolvera procurar pelo pai. Pedindo notícias a oficiais da Marinha, veio a saber que ele tinha fixado residência em Tebas.

A descoberta alegrou Fê.

Então, Pausânias explicou que o sujeito mais moço seguia por uma estrada que levava a Tebas, e o outro, o mais velho, por uma que vinha justamente de Tebas. Quando as estradas se encontraram, no trevo, os dois frearam a tempo de evitar a colisão dos carros, mas não de, daí, saírem de seus automóveis para tomar satisfações.

— Ah, então eles estavam brigando! — concluiu Fê.

— Até aí, sim. Mas chegaram os outros, que apartaram a briga, e o sujeito mais moço, meio confuso porque não entende bem o grego, explicou aos poucos o que tinha vindo fazer na Grécia. E foi aí que aconteceu o mais espantoso: o outro sujeito, o mais velho...

— Já sei! — atalhou Gu. — O mais velho entendeu que era ele o pai, reconheceu o filho, que é o mais moço, explicou por que tinha parado de mandar notícia, e os dois se abraçaram e comemoraram a feliz coincidência.

Eram essas tiradas da irmã que conquistavam a admiração de Fê:

— Puxa, Gu, parece que a sua inteligência voltou a funcionar. Agora, sim, tô reconhecendo a minha maninha!

Mas Gu não se deixou levar:

— Ai, Pausânias, com você e Fê, tudo que começa em história tem mesmo de terminar em mito.

— Como assim?! — perguntou Fê.

Nossa, então esse mito de Édipo também começa numa briga de trânsito!
A pequena Gu é sempre muito perspicaz. Mas Laio, o pai de Édipo, não era marinheiro.
Mas aquele tal de Ulisses era, não é?
E, pelo que me lembro, ele também ficou longe de casa vinte anos...
... até que o seu filho, Telêmaco, saiu à procura dele!
Mas Telêmaco acabou não encontrando o pai; o pai é que voltou para casa.
Sim, mas, durante as suas navegações, Ulisses passou pela Itália, como aquele marinheiro, e lá conheceu Circe. Com ela teve outro filho, Telégono, que também não conheceu o pai, até que, quando já era jovem, o encontrou.
Muito bem! Mas ainda tem um detalhe: no final desses mitos, os reencontros terminam mal, e hoje tudo terminou bem.

Então, pequena Gu, não é que no passado eram mitos espantosos e hoje são histórias triviais, e sim que antigamente as coisas terminavam em tragédia, e hoje parece que estão mais para comédia.
Pausânias, cuidado!
Pheû!
Ai, Pausânias, o homem caiu! Será que se machucou?!
Vou ver já!
Felizmente não foi nada! O homem não se machucou! Foi mesmo só um susto!
Mas ele não devia atravessar a estrada sem olhar.

Bem, pequena Gu, isso ele não podia mesmo fazer. É um *typhlòs anér*, um homem cego.
Ah!
Perguntei se queria que o levássemos a algum ponto da estrada. Mas ele disse que aqui, neste lugar, era capaz de guiar-se sozinho melhor que nós. Não duvido. Mas o que não entendo foi outra coisa que ele disse.
O quê, Pausânias?
"Para enxergar em cima, olhe para baixo."
Ih, mais charada!
Tá brincando?! Ele devia ter dito pra gente olhar "pra frente", e pra tomar cuidado com os pedestres.
ΔΕΛΦΟΙ
DELFOS
Idoû Delphoí!
Essa eu entendi: Delfos!
Legal! Não é o fim do mundo, mas ao menos é o fim de uma longa viagem.
Pequena Gu, Fê, preparem-se, porque o dia de hoje vai ser inesquecível!

VISITA AO SÍTIO ARQUEOLÓGICO DE DELFOS

Há na Grécia muitos sítios arqueológicos abertos à visitação, nos quais se podem ver ruínas de antigos edifícios, tais como templos, teatros, casas. Costuma haver nas imediações um museu, construído para abrigar objetos encontrados nas escavações, tais como vasos, esculturas, utensílios domésticos. A visita aos sítios arqueológicos proporciona acesso à chamada cultura material dos antigos gregos, cujo conhecimento é imprescindível para restituir aspectos diversos da vida cotidiana destes. Mas Fê estava mesmo interessado no enigma do homem da estrada, certo de que Gu era a única capaz de decifrá-lo.

— Ei, Gu, vamos ver se você consegue decifrar a charada antes do tio Hermógenes chegar?!

— Não é fácil, Fê. "Para enxergar em cima, olhe para baixo." Hum... Quer dizer que, pra ver uma coisa em cima, tem de procurar embaixo.

Ao ouvir o nome do instrumento, Fê, como de costume, misturou o antigo com o moderno:

— E era só acústico ou tinha também elétrico?

Gu, mais criteriosa, advertiu que se tratava de um instrumento antigo — muuuito antigo! —, e Pausânias fez graça, comparando a idade da lira à da antiga coleção de discos de vinil do tio Hermógenes.

— Podem ser antigos, Pausânias, mas já têm a guitarra elétrica de Jimi Hendrix! — disse Fê.

Hermógenes gostou de ver que Fê continuava fã dos mitos do rock que ele um dia lhe apresentara. O tio quis saber também se Gu, por sua vez, continuava estudando cerâmica.

— Tô adorando as aulas, tio Hermógenes! Mas não é fácil: são muitas formas de vaso que a gente tem de conhecer, e muitas técnicas que tem de dominar.

Após distribuir os presentes, Hermógenes disse que esperava que tivessem gostado do *xénion*; Gu e Fê, porém, apenas se entreolharam, com ar de interrogação.

— Ele continua falando grego — cochicharam entre si.

Pausânias explicou que os antigos gregos tinham o costume de oferecer um presente aos estrangeiros que recebiam em casa; como "estrangeiro" se dizia *xénos* em grego, o presente que davam ao hóspede se chamava *xénion*. Acrescentou ainda, com certa reverência, que as leis da hospitalidade eram veladas pelo deus máximo, Zeus. Hermógenes enfim arrematou:

— Mas, Pausânias, além do presente, que mais o bom anfitrião costumava oferecer ao hóspede?

— Ah, sim, tinha também a comida e a bebida!

— Já sei! — exclamou Fê. — Sorvete de chocolate!

A culinária grega usa carne de cordeiro ou porco, azeitonas, queijo *phetá*, iogurte, abobrinha, folhas de uva; os doces levam semolina de trigo, mel, nozes. Mas foi por outra razão que Gu corrigiu o irmão:

— Fê, acho que, além de não ter guitarra, os gregos não tinham congelador.

Pausânias explicou que não se referia a ingrediente alimentar, mas aos músicos e dançarinos que costumavam alegrar os banquetes.

Não só os deuses, Fê!
O músico Orfeu...
... com seu canto, amansava os animais, que o acompanhavam pelos campos para ouvi-lo.
O músico Anfíon...
... encantou até as pedras.
Quando reinaram na cidade de Tebas, ele e seu irmão, Zeto, decidiram construir muralhas ao redor da cidade. Enquanto Zeto lutava para arrastar as pedras, Anfíon tangeu sua lira, fazendo as pedras moverem-se sozinhas e ajuntarem-se ao redor da cidade.
Uau! Os grandes guitarristas de rock também conseguem reunir multidões ao redor deles. Só que, em vez amansar, eles agitam.
Mas isso de amansar os animais, ou de encantar as pedras, significa que a música...
... é capaz de acalmar até as pessoas com os ânimos mais ferozes e rebeldes, com o coração mais duro e empedernido.
Você quer dizer: gente que é uma fera, e gente que é teimosa e cabeça-dura.
Isso mesmo. Os antigos gregos achavam que cada modo musical surtia um efeito diferente no ouvinte, e o escolhiam conforme a ocasião.

Por exemplo, em tempo de guerra, no preparo dos guerreiros para combater os inimigos, usavam um modo capaz de instigar a coragem...
... em tempo de paz, no preparo dos homens para cultuar os deuses, usavam um modo capaz de despertar a piedade.

E não só nesses eventos públicos, mas também nos privados, a música estava sempre presente. Numa cerimônia de casamento, os noivos eram acompanhados por coros alegres; num rito fúnebre, os oficiantes entoavam cantos lúgubres.

Mas, se o morto fosse alguma personalidade muito importante, como um rei, a cerimônia funerária envolvia todos os cidadãos, e a parte musical tomava proporções mais amplas; por exemplo, podia ser uma apresentação de coros trágicos, ou, então, um concurso de músicos.

Na Grécia, a música está presente em várias ocasiões: para embalar o bebê, cantam *nanourismata*; nas festas de Natal e Páscoa, *kalanda*; para chorar os mortos, *miroloyia*; nos banquetes, *epitrapezia*, em que enaltecem a mesa posta, ou *kleftika*, em que rememoram os guerreiros que lutaram durante a ocupação otomana. Assim também, conforme explicou Hermógenes, nas peças de teatro antigas, havia partes dialogadas, em que os atores recitavam suas falas, e partes cantadas, em que o coro entoava seu canto. Por meio do diálogo, os atores desenvolviam a ação dramática, e com seu canto, o coro tecia um comentário à ação. Os coristas, porém, não eram músicos profissionais, mas cidadãos quaisquer, que tinham algum conhecimento de música, porque esta era parte de sua educação.

— Música para a alma, e também ginástica para o corpo — completou Pausânias.

— Ah, isso tem que ver com Apolo: harmonia do corpo com a alma — lembrou Gu.

— Sim, é um conselho apolíneo: ter mente sã em corpo são — confirmou Pausânias.

Vamos, garotos!
Íthi, paídes!
E, enquanto caminhamos, conto como foi que o que estava embaixo da terra passou para cima.
Estamos subindo a face sul do monte Parnaso, onde os edifícios da antiga Delfos foram construídos. Mas, desde a Antiguidade, a região toda é instável, sujeita a terremotos. Assim, numa certa época, quando os edifícios já tinham sido abandonados, deslizamentos de terra acabaram por soterrá-los.
Até aí, foi o que estava em cima que passou pra baixo.
Sim, Fê, as antigas construções ficaram sob uma camada de terra de 6 metros de espessura. Por isso, quando no início do século VII, isto é, há 1.600 anos, uns camponeses vieram aqui estabelecer suas moradias, não podiam imaginar que iriam construir suas casas bem sobre o lugar onde estavam soterrados os escombros da antiga Delfos.
Quer dizer que tinha gente morando aqui?
Sim, e chegaram a constituir um pequeno povoado, que se chamou Kastri.

E Kastri ainda está longe?
Não se preocupe, Fê: Kastri não está longe – nem perto.
Ah, sim: Kastri tá em cima do centro do mundo, e o centro não tá nem longe nem perto.
Mais ou menos. Eu explico.

O povoado continuava aqui até há pouco mais de cem anos. Então, arqueólogos europeus já suspeitavam de que, sob o povoado, deviam estar os restos da antiga Delfos e, daí, decidiram empreender uma escavação. Antes, porém, houve uma disputa pela posse do sítio, ou melhor, pelo privilégio de escavar a região. Foi uma disputa acadêmica entre arqueólogos franceses e alemães, e também uma disputa política entre seus governos, que lutaram para obter do governo grego a permissão para realizar as escavações. Enfim, embora os alemães tivessem chegado um pouco antes, foi aos arqueólogos da Escola Francesa de Atenas que, em 1892, foi concedido aquele direito.

Mas eles ainda teriam de vencer, digamos, outra briga. É que, para escavar a região, era preciso desapropriar as terras dos habitantes de Kastri e acomodá-los noutra parte. Foi por imposição do governo, e muito a contragosto, que os moradores deixaram suas casas, para se instalarem a dois quilômetros daqui, lá onde veio a desenvolver-se posteriormente o vilarejo que hoje se chama Delfos. O ressentimento dos antigos habitantes de Kastri, porém, perdurou até o ano seguinte, 1893. De maneira que, quando os arqueólogos franceses se preparavam para dar início aos trabalhos, os habitantes se revoltaram, e foi preciso que as forças armadas gregas interviessem para evitar conflitos mais graves.

Os trabalhos não foram nada fáceis. Construiu-se uma via férrea de dois quilômetros, por onde a terra removida ia sendo levada aos poucos em vagões. Nada menos que 160 mil vagões!
Mas os esforços foram recompensados. Pois os arqueólogos franceses não só descobriram vários edifícios — esses por onde estamos passando agora —, como também inúmeros objetos, que depois foram guardados no museu de Delfos, perto daqui.

Que objetos eram esses?
Objetos de todo tipo: artefatos de metal, cerâmica, pedra, que incluem utensílios, vasos, esculturas.
Ah, e isso para não falar dos achados epigráficos!
"Epi-" o quê?!
Desculpe, Fê. Eu me referia à descoberta de inscrições.
Ah, tá. Mas que inscrições?
ΤΑΡΘΙΚΟΥΥΤΙΟΝ
De todo tipo também: cinco mil inscrições gregas em pedra, que incluem hinos religiosos, documentos oficiais, contratos particulares.
E estes edifícios por onde a gente tá passando? Foram encontrados assim, meio destruídos, porque estavam debaixo da terra, não é?
Pior que isso, Gu. Antes de cobri-los, o deslizamento de terra derrubou todos os edifícios.
Por isso, à medida que removiam a terra, o que os arqueólogos iam encontrando eram, na verdade, as fundações dos edifícios e, espalhados por toda parte, pedaços das paredes e colunas.
Quer dizer que os arqueólogos remontaram isso tudo que a gente tá vendo, tio?
Exatamente!

Tiveram de recolher, numerar, classificar, comparar um a um cada tijolo...
... cada bloco de pedra, para daí reconstruir uma a uma cada parede, cada coluna que vemos.
E esses edifícios serviam pra quê?
Para mais de uma coisa. Depois vamos falar dos outros, mas o edifício onde vamos começar a nossa visita era um templo e servia para o culto do deus Apolo.
Mas, então, as pessoas vinham aqui pra rezar?
Mais ou menos. É que cada deus grego tem um dom diferente, e um dos dons mais notáveis do deus Apolo é o de predizer o futuro.
Ah, então vinham aqui consultar o deus.
Pois é. E não eram só pessoas que vinham por conta própria perguntar por seu futuro particular. Algumas vinham como representantes de suas cidades...
... e perguntavam sobre planos de governo; quem deviam instituir como governante ou quem deviam destituir; se deviam fazer a guerra; onde deviam fundar colônias...
Esse lugar devia ser muito importante.
Sim! A função do templo de Apolo era não só religiosa, mas política, e foi por isso, aliás, que seu controle foi muito disputado pelas cidades gregas.

Disputado? Como assim?
No século VI a.C., cidades gregas disputaram o controle do templo de Apolo na chamada Guerra Sagrada. O resultado foi um acordo: dali em diante, o templo seria controlado por uma liga de 12 cidades gregas, a chamada Liga dos Anfictíones.
Ah, sim, Pausânias, por isso você disse que no passado vocês, gregos, brigavam uns com os outros.
Pois é, Fê, e olhe que o seu tio só falou de uma dentre muitas guerras.
Quer dizer que teve mais?!
Na verdade, a Guerra Sagrada de que falei foi só a primeira. Ela se estendeu por quase dez anos, mas a ela ainda se seguiram outras três Guerras Sagradas, em épocas diferentes.
Tô vendo que muita gente já brigou por aqui: no mundo antigo, as cidades gregas, pra controlar o templo de Apolo, e, no mundo moderno, os arqueólogos europeus, pra explorar o sítio arqueológico.
É verdade! Então, chega de brigas, e chega também de caminhada!
Ei-lo, o templo de Apolo!
Idoû, Apóllonos naós!

Mas são só ruínas!
Fê, quando a terra desabou, o templo desmoronou, e depois os arqueólogos juntaram as partes que encontraram debaixo da terra, e remontaram o que dava pra remontar.
E olhe que não foi só debaixo de terra que este lugar já ficou escondido; foi também debaixo d'água!
Como assim, Pausânias?! A gente tá numa parte alta da montanha. Por mais que chovesse, só a parte baixa poderia ser alagada.
Acho que Pausânias se referia a um dilúvio, Gu.
Dilúvio?! Mas isso é história da Bíblia, não é mito grego.
Explique a ela, Hermógenes.
Não, tio Hermógenes, não quero que você explique nada; quero que Pausânias conte o mito!
Então, vou contar a história mais antiga deste lugar.
História ou mito, Pausânias?
Como queira, pequena Gu.
Foi assim:

Posidon
Governa mares e provoca terremotos.

Há muito, muito tempo, um homem chamado Parnaso, filho do deus Posidon, fundou aqui uma cidade, e do nome dele saiu o nome do monte onde estamos. Mas o deus Zeus, aborrecido com a injustiça dos homens, decidiu exterminar toda a raça humana, para fazer surgir uma melhor. Provocou chuvas e ventos; os mares subiram e os rios transbordaram, até que as terras foram alagadas. Um único lugar escapou da inundação: os dois cimos do monte Parnaso, onde estamos, e um único casal salvou-se numa embarcação que estacionou perto daqui: Deucalion, o mais justo, e Pirra, a mais reverente. Estes desceram para cá, para perguntar aos deuses como repovoar o mundo.

Naqueles tempos, era a deusa Terra que proferia oráculos aqui, até que Apolo veio tomar posse do lugar. Havia porém uma serpente, enorme e feroz, que vigiava os domínios de Terra. Assim, quando Apolo se aproximou, a serpente investiu contra o deus, mas ele acertou-a com suas flechas, e o corpo do animal caiu num vão da terra e lá ficou a apodrecer. Por isso Apolo recebeu o epíteto de Pítio, já que em grego "apodrecer" se diz *pýthein*.

Zeus
Domina o raio e a tempestade. Líder nato pela força e pela astúcia.

Apolo necessitava de sacerdotes que cuidassem do seu culto. Ao notar uma embarcação que vinha de Creta, apareceu no mar sob o aspecto de um golfinho, desviando aquela para o porto de Cirra, não longe daqui. Mandou os tripulantes comer e beber e, depois de saciados, subir com ele aqui, onde os incumbiu de cuidar do seu culto. Porque o deus aparecera sob a forma de um delfim (um golfinho), aliás, este lugar foi chamado Delfos, que em grego significa "cidade do delfim". Apolo incumbiu seus sacerdotes de erigir um templo sobre o vão da terra que engolira o corpo da serpente e, daí, receber representantes de várias cidades que viriam julgar os acusados de ter cometido crime religioso.

Terra
Acolhe em seu seio todos os viventes.

Foi um filho de Deucalion, chamado Anfictíon, que se encarregou de organizar as reuniões desses juízes, que por isso foram chamados anfictíones. Já o templo foi construído e reconstruído mais de uma vez. Primeiro, homens construíram um templo com ramos arrancados de um loureiro da cidade de Tempe. Depois, em lugar desse, abelhas construíram outro templo com suas asas, grudando umas às outras com cera; Apolo enviou esse templo aos hiperbóreos, povo amigo seu que habita o extremo norte do mundo, onde não há a noite nem o frio. Depois, o deus Hefesto

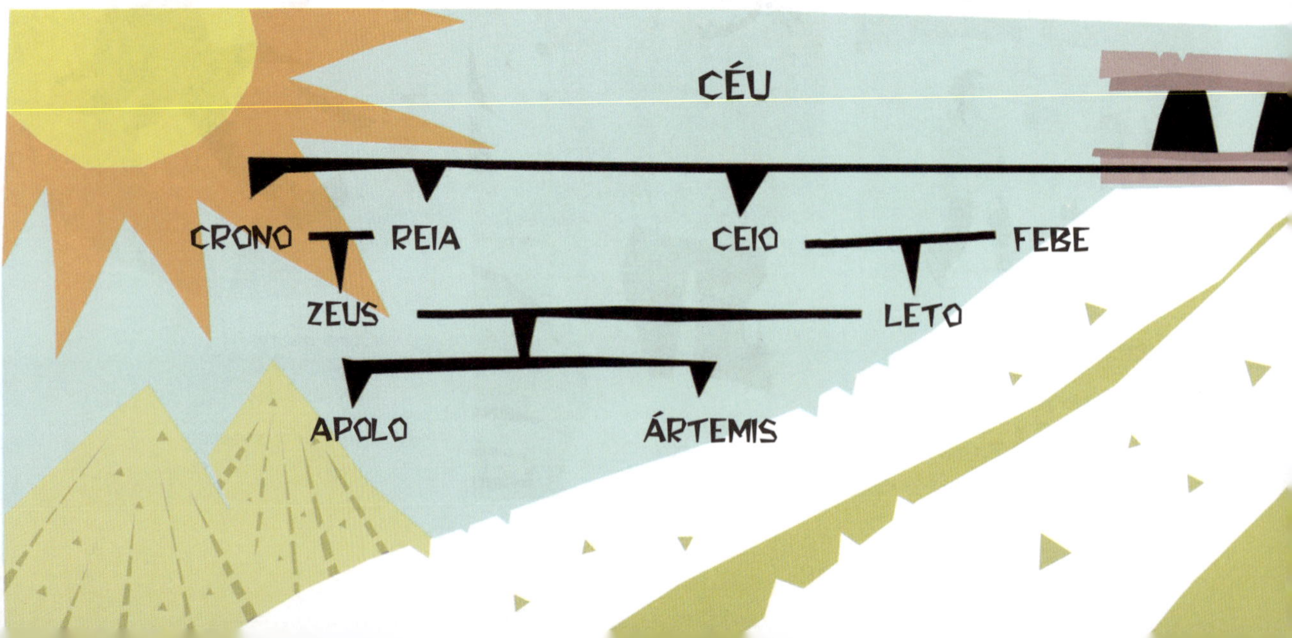

construiu outro templo, em bronze; mas esse foi engolido pelo vão da terra que antes engolira o corpo da serpente. Enfim, dois arquitetos, Trofônio e Agamedes, construíram outro templo, em pedra, que foi sendo conservado e restaurado ao longo dos tempos.

Apolo necessitava ainda de profetas capazes de ouvi-lo e, daí, transmitir seus oráculos aos homens que viessem consultá-lo. Foram sempre mulheres as profetisas de Apolo Pítio, as quais por isso foram chamadas pítias. A pítia recolhia-se a um recinto do templo, aonde subiam os vapores do corpo apodrecido da serpente, os quais emanavam do vão da terra. Lá ouvia o deus e transmitia seus oráculos ao sacerdote, que, por sua vez, os dava a conhecer à pessoa que havia feito a consulta. Os oráculos, porém, eram enunciados de modo enigmático, e não raro eram mal interpretados pelos homens. Foi o que sucedeu a Creso.

Creso, rei dos lídios, mandou perguntar ao deus se devia declarar guerra aos persas, e o oráculo de Apolo predisse que, se o fizesse, um grande reino seria destruído. Animado com a resposta, Creso fez nova consulta ao deus, que o advertiu de que deveria fugir, se um dia um mulo se tornasse rei dos persas. Ainda mais animado com a segunda resposta, por crer que seria impossível um mulo ocupar o trono, Creso declarou guerra aos persas. Porém, foram as tropas persas de Ciro que acabaram por vencer as de Creso. Este, sentindo-se traído por Apolo, mandou perguntar se o deus não se envergonhava de tê-lo instigado a uma guerra infrutífera. A resposta do oráculo foi que Creso padecera as consequências de sua própria ignorância e precipitação, primeiro porque, ao ouvir falar de um grande reino, não se perguntou se esse seria o de Ciro ou o seu próprio; segundo porque, ao ouvir falar de um mulo, não entendeu que o oráculo se referia a Ciro, que, como aquele animal, era filho de pais de origens diferentes, uma vez que a mãe era de família ilustre, e o pai de família modesta.

Foi assim que o grande deus Apolo tomou posse de Delfos e aqui instalou seu culto, com seus sacerdotes, seu templo, suas pítias, e desde então revela oráculos aos homens que aqui vêm consultá-lo. O deus retira-se de Delfos apenas no inverno; na sua ausência, é outro deus, Dioniso, que ocupa seu lugar até que Apolo retorne na primavera. E assim é a cada ano, desde os tempos mais remotos.

APOLO
Mestre no arco e flecha, prevê o futuro e purifica o corpo e a alma.

HEFESTO
Forja metais e confecciona objetos.

DIONISO
Deus do vinho.

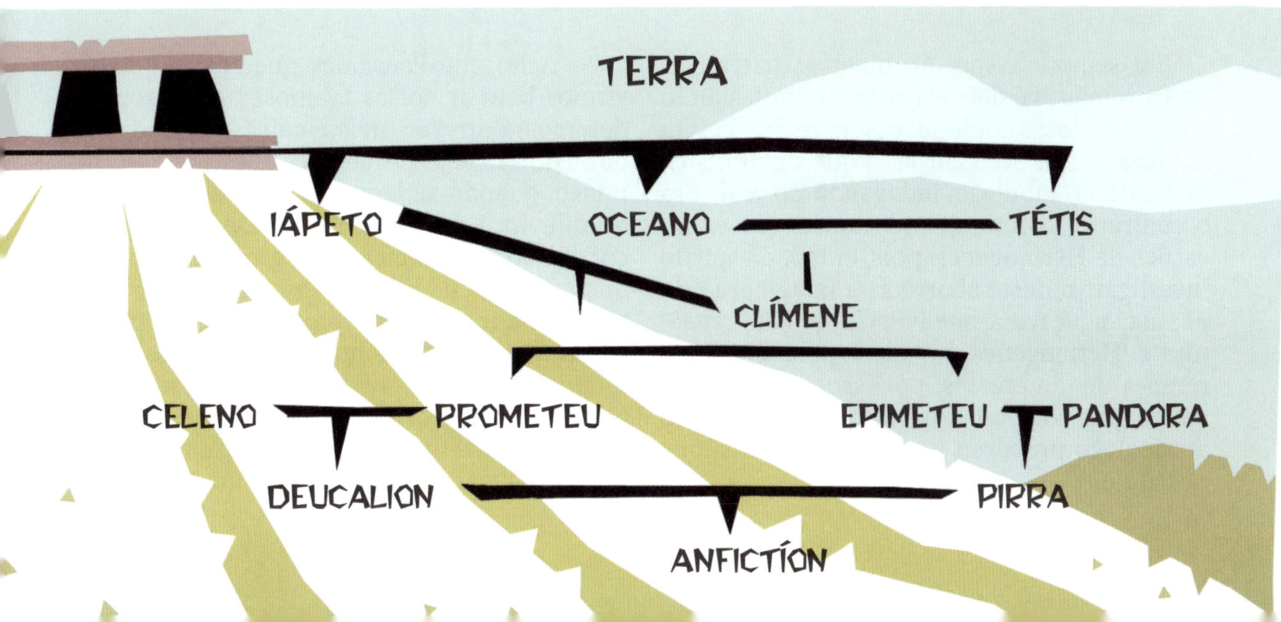

Era sempre assim. Ao ouvir as narrativas de Pausânias, Fê deixava-se levar, fantasiando coisas fabulosas como se fossem reais, mas Gu recuava, a fim de analisar o que ouvira, suspeitando do fabuloso, indagando do real. Era o contrário, porém, quando ouviam as explicações de Hermógenes; pois, então, o espírito investigativo deste aborrecia a imaginação de Fê, mas aguçava a inteligência de Gu. Pausânias e Hermógenes pareciam perceber a diferença dos interesses; por isso, assim que o amigo guia concluiu a narração do mito, o tio arqueólogo procurou uma explicação histórica para ele:

— Acho que Pausânias quer dizer que, se virmos bem as coisas fabulosas do mito, poderemos entrever nelas coisas verdadeiras da história. Veja o que você mesma disse há pouco, quando se lembrou da história bíblica do dilúvio. Segundo a Bíblia, Deus viu que a corrupção dos homens era grande, de modo que se arrependeu de tê-los criado e decidiu exterminá-los. Noé, porém, porque era justo e perfeito no meio dos homens de sua geração, foi poupado. Deus fez chover sobre a terra, até que exterminou os homens, mas Noé navegou numa arca, até que as águas baixaram, e a arca estacionou sobre as montanhas do Ararat.

Tô vendo: as histórias de Noé e Deucalion parecem iguais.
Histórias ou mitos, pequena Gu?
Hum...
De qualquer modo, tal como os gregos narravam o dilúvio de Deucalion, e antes deles os hebreus narravam o dilúvio de Noé, assim também, antes de ambos, os sumérios narravam o dilúvio de Utnapishtim, e antes deles os acádicos narravam o dilúvio de Atrahasis.
Mas então a Terra foi alagada várias vezes!
Não foi bem isso que eu quis dizer, Fê. Não é que houve vários dilúvios, em tempos e lugares distintos, e que, a cada vez, um povo diferente narrou um dilúvio diferente. Mas é que, provavelmente, primeiro um povo narrou um dilúvio, e daí a narrativa foi passando de um a outro, e cada povo foi adaptando a narrativa à sua língua, aos seus costumes, mudando os nomes das personagens, dos lugares. Em outras palavras, um povo mais antigo elaborou uma narrativa, e daí os seguintes, em épocas e regiões diversas, foram reelaborando versões mais ou menos diferentes da mesma narrativa.
Mas o que isso tem que ver com descobrir a história no mito? Porque, se o que aquele povo mais antigo narrou já não era verdadeiro, mas fabuloso, então já era mito, e não história.
Mais ou menos, Gu.
É que, se a gente faz o mito remontar à primeira versão dele, pode procurar nele referências ao contexto histórico em que ele foi concebido pela primeira vez, isto é, ao lugar e tempo em que viveram seus criadores. Veja, por exemplo, a narrativa do dilúvio. Os autores mais antigos dela foram sumérios...
... ou acádicos. Estes, porém, viviam na região do Crescente Fértil, área do Oriente Médio irrigada por dois grandes rios, o Tigre e o Eufrates; logo, é possível que o dilúvio narrado pelos povos da região fosse uma referência às cheias dos rios que frequentemente alagavam as terras do lugar.

Gu admitiu que a explicação fizesse sentido, mas surpreendeu-se com a comparação — pois então o mito grego teria origem num mito do Oriente Médio! Hermógenes não hesitou:

— E por que não? Veja o que contou Pausânias. Ele disse que Creso cultuava Apolo; logo, esse deus era cultuado não só por gregos, mas também por lídios, que habitavam uma parte da Ásia Menor. Ora, foi numa cidade da Ásia Menor, chamada Claro, que se desenvolveu um importante centro oracular de Apolo, anterior ao de Delfos. Assim também os cultos de Leto e Ártemis, mãe e irmã de Apolo, desenvolveram-se na Ásia Menor: Leto foi cultuada unicamente na Lídia, e Ártemis sobretudo em Éfeso.

Gu pediu ao tio que fosse mais devagar — pois eram muitos nomes! Hermógenes retomou a explicação:

— O que estou querendo dizer é que o culto de Apolo pode ser originário da Ásia Menor. E não só o culto, mas também o mito. Pausânias disse que Apolo matou a serpente disparando flechas. Ora, para os gregos, o arco e a flecha eram originários da Ásia. Na guerra de Troia, por exemplo, foram os troianos, povo da Ásia Menor, que sobressaíram no manuseio do arco e flecha; os gregos dominavam a lança. Por isso, na guerra, Apolo esteve do lado dos troianos, contra os gregos. Além disso, quando estava para dar à luz Apolo, Leto apoiou-se numa palmeira. Ora, para os gregos, essa árvore era originária da Ásia, e por isso eles a chamavam *phoînix*, que significa "árvore da Fenícia".

Gu percebia como o tio retomava, um a um, os elementos da narrativa de Pausânias; tanto que acusou a falta de um:

— Tá bem, mas onde entra o delfim nisso tudo? Tinha golfinhos nessas regiões da Ásia?

— De fato, é de supor que um animal marinho fosse cultuado por povos que morassem no litoral, e não no interior. Veja o que contou Pausânias. Ele disse que Apolo apareceu sob aspecto de golfinho a uma embarcação oriunda de Creta, que é uma ilha. Foi numa ilha também, em Delo, que Leto deu à luz Apolo, que lá estabeleceu um templo. Aliás, tanto Creta como Delo são ilhas do mesmo mar Egeu.

Gu, porém, cobrou do tio a relação entre aqueles lugares todos, e Hermógenes resumiu:

— Em suma, o culto de Apolo pode ter começado na Ásia Menor, e de lá ter passado às ilhas do mar Egeu, e destas ter chegado à Grécia continental, a Delfos.

Entretanto, a garota ainda não compreendia uma coisa.

— Mas e a disputa entre Terra e Apolo pela posse de Delfos?

— Ao tentarem introduzir em Delfos o culto de Apolo, os sacerdotes cretenses podem ter topado com outros sacerdotes locais que já cultuavam a deusa Terra. Então, pode ser que tenha havido concorrência do culto novo de Apolo com o antigo de Terra, e que essa concorrência não tenha sido pacífica. Como disse antes, houve muita luta pelo controle deste lugar.

Hoje, na Grécia, a instituição religiosa mais influente é a Igreja Ortodoxa Grega; o credo dominante portanto é o cristão. As diferenças entre o ortodoxo grego e o católico romano, contudo, são várias. Quanto à hierarquia, o papa católico é autoridade única e máxima, os patriarcas ortodoxos são mais de um; quanto aos costumes, o voto de castidade é obrigatório para os padres católicos, mas optativo para os ortodoxos; quanto à liturgia, o Natal comemora-se no dia 25 de dezembro entre católicos, mas no dia 7 de janeiro entre ortodoxos. Gu e Hermógenes, porém, discutiam cultos religiosos que haviam predominado no mundo grego muito antes do nascimento do cristianismo, e nos quais se cultuavam vários deuses. Por isso, Gu não compreendia por que Apolo e Terra não tinham sido cultuados em Delfos lado a lado. Hermógenes explicou:

— Cada deus grego tem um dom. Apolo e Terra ofereciam aos homens o mesmo: revelar-lhes o futuro. Por isso, a concorrência de um culto com o outro.

— Mas não podiam ter juntado os dois?

— É que, apesar de terem o mesmo dom, Apolo e Terra eram muito diferentes. Relembre o que disse Pausânias: Apolo se ausenta de Delfos no inverno, para ir à terra dos hiperbóreos, onde não há noite nem frio. Ora, durante o inverno, no polo norte, o sol não aparece no horizonte, e a noite e o frio reinam. Assim, os povos antigos podem ter imaginado uma terra que ficasse além do horizonte polar, onde o sol passasse o inverno, e reinassem o dia e o calor.

Gu já não entendia aonde o tio queria chegar...

— O que estou querendo dizer, Gu, é que Apolo é um deus solar e por isso se ausenta de Delfos durante o inverno. Não à toa sua arma é o arco e flecha, isto é, o arco dourado do sol de onde se disparam os raios. Assim, Apolo e Terra são opostos: um é a luz sublime do sol, e a outra, a obscuridade inferior do solo.

— Tá bem, a diferença entre os deuses explica por que não dava pra conciliar os cultos, e a concorrência dos cultos explica a luta entre Apolo e a serpente. Mas como explicar aquele templo que as abelhas construíram com suas asas?

— Como disse, uma história é narrada por um povo e depois transmitida a outros, que podem distorcer a versão anterior. Ora, *asa* em grego se diz *pterón*. Suponha que essa palavra, empregada numa versão posterior do mito, fosse a distorção de outra, empregada numa versão anterior.

Gu compreendia a hipótese do tio, mas não podia imaginar qual seria a outra palavra — afinal, ela não falava grego! Hermógenes esclareceu:

— Distorção da palavra *ptéris*, que era o nome dado à planta (*phytón*) cuja folhagem lembrava uma asa (*pterón*), isto é, a uma espécie de pteridófita.

— "Pteri-" o quê?!

— Desculpe, Gu: uma espécie de samambaia.

— Tá bem, faz mais sentido concluir que homens construíram uma cabana com folhas de samambaia do que imaginar que abelhas tenham construído um templo com suas asas. Mas eu não tô vendo samambaia nenhuma por aqui...

— Estamos falando de um passado muito remoto, e a paisagem costuma mudar com o tempo. Seja como for, tudo o que tentei explicar é só especulação. Tentei fazer do mito o que nós, arqueólogos, fazemos dos lugares. Fui procurando camadas inferiores do mito, isto é, versões mais antigas dele, que remontassem ao contexto histórico em que o mito fora concebido. Daí, tentei explicar por meio dessas as camadas superiores, isto é, as versões posteriores do mito, as quais chegaram a nós. Ou seja, tentei descobrir sob as coisas fabulosas, que aparecem na superfície do mito, vestígios históricos, que jazem no fundo dele.

Ah, tá, é por isso que, pra enxergar o que aparece em cima, a gente tem de olhar o que se esconde embaixo dos mitos!
Ah, tio Hermógenes, suas explicações estragam os mitos! Agora, dilúvio é só enchente e asa de abelha é só folha de samambaia. Você não vai dizer nada, Pausânias?!
Mas, Fê, foi o próprio Pausânias que disse que nem sempre é clara a diferença entre mito e história. Eu só tentei explicar o que ele mesmo falou.
Com todo o respeito ao professor..., não foi bem isso o que eu quis dizer. Eu contei que abelhas construíram um templo com suas asas, e você explica que homens fizeram uma cabana com folhas de samambaia. Mas qual a diferença?
A diferença é que uma não pode acontecer e a outra ao menos pode.
Mas *poder acontecer* não significa que *tenha acontecido*.
Você substituiu um conto não comprovado por uma explicação igualmente não comprovada. Substituiu as coisas do mito que são fabulosas por outras que parecem verdadeiras.
E justamente porque aparenta ser verdadeira é que a sua explicação engana, dando-nos a ilusão de que entendemos algo que talvez não fosse mesmo para entender.
Bem, eu é que já não tô entendendo mais nada.
Tá muito filosófica a conversa, Gu?

Ao ouvir aquelas palavras, Gu desesperou-se:

— Tá falando grego, Pausânias!

Hermógenes traduziu: "conhece-te a ti mesmo" e "nada em excesso", e Fê perguntou:

— Isso também é grego?

Apesar das diferenças, Hermógenes e Pausânias se compreendiam; Gu e Fê, porém, identificavam-se com um ou outro. Ao explicar a origem dos mitos, Hermógenes sabia que satisfazia o espírito investigativo de Gu, o que poderia servir para desenvolver seu espírito científico. Enquanto os dois discutiam, Fê andava de um lado para o outro, franzindo a testa, como se não quisesse ouvir o que estava ouvindo. Pausânias acompanhara tudo, preocupado com os efeitos sobre Fê daquela desconstrução dos mitos, a qual desmanchava pedra por pedra todo o castelo da fantasia. Não que quisesse alimentar nele falsas crenças. Na verdade, Pausânias contava as ações dos deuses imbuído de certa reverência religiosa, e sabia que a fantasia do menino nada mais era que a alegria de viver do jovem, a busca do ideal do adulto, a esperança do velho. Era isso que ele queria preservar em Fê. Assim, retomou:

— Aqueles sábios concluíram que tudo que sabiam podia resumir-se em duas máximas. Primeiro, conhecer quem somos: "conhece-te a ti mesmo". Daí, agir de acordo com isso, sem pretender ir além: "nada em excesso". Ou seja, temos de conhecer a nossa medida para não correr o risco de agir com desmesura.

— Eu meço 1,50 metro — declarou Fê. — Por isso ainda não posso usar as roupas do meu pai.

— Você não está errado, Fê — completou Pausânias. — Mas não me referia apenas à medida do nosso corpo; pensava, digamos, na medida da nossa alma. Se a nossa sabedoria é humana, não devemos ter a pretensão de explicar as coisas dos deuses. Por isso dizia que tem coisas que não são para entender. Não que não tenham sentido, mas que este ultrapassa a medida do nosso entendimento.

Então Pausânias olhou para Hermógenes:

— Este mesmo oráculo de Delfos revelou um dia quem era o homem mais sábio da Grécia.

— E por que isso tornava Sócrates mais sábio que os outros? — perguntou Pausânias.

— Porque quem acha que sabe o que ignora continua ignorando; mas quem sabe que ignora procura aprender — respondeu Hermógenes. — Ou seja, os outros ignoravam sua própria ignorância, mas Sócrates, não.

— E o que significa ignorar sua própria ignorância? — insistiu Pausânias.

— Significa ignorar seus limites — respondeu Hermógenes.

— Isto é, ignorar sua medida — concluiu Pausânias —, ou seja, ignorar a si mesmo. Por isso, os outros desobedeciam ao oráculo de Delfos, *gnôthi sautón*; mas Sócrates, não.

— Certamente não! — concordou Hermógenes. — Na verdade, ele não só não achava que sabia o que ignorava, mas se dedicava ao exame de sua ignorância, de seus limites, de sua medida.

— E Sócrates tinha esse exame por algo fácil e rápido? — insinuou Pausânias.

— Ao contrário, Sócrates empenhou nele todas as suas forças, ao longo de toda a sua vida — retrucou Hermógenes.

— A Sócrates, pois, não devia sobrar muito tempo para investigar as coisas obscuras dos deuses — concluiu Pausânias —, nem talvez para explicar as coisas fabulosas dos mitos.

Explicar as coisas fabulosas dos mitos... Hermógenes compreendeu que a conclusão da conversa visava ao que ele mesmo acabara de fazer. Passo a passo, o diálogo fora conduzido por Pausânias, que agora encurralava Hermógenes. Mas isso não significava a vitória de um, nem o constrangimento do outro. Apesar de suas diferenças, Hermógenes e Pausânias tinham o hábito do diálogo, e engajavam-se no debate com o único fim de juntar forças para chegar a uma conclusão que fosse maior que ambos. Quando conversavam, dispunham-se à franqueza, para declarar só o que pensam, e à boa vontade, para partilhar tudo o que pensam; daí, era só deixar-se guiar, como diziam, pelos ventos da razão. Por isso, embora encurralado, Hermógenes admitiu sem pudor:

— Como sabemos, caro Pausânias, Sócrates na verdade zombava dos incrédulos que pretendiam explicar os monstros dos mitos, tentando reduzi-los a coisas racionais. Admitia que as explicações deles fossem engenhosas, mas achava-as penosas e mirabolantes. Por isso, preferia deixar de lado a investigação das coisas divinas e fabulosas, simplesmente porque dizia que ainda não conhecia a si mesmo, como mandava a inscrição de Delfos, e que lhe parecia ridículo que ele, que ignorava a si mesmo, tivesse a pretensão de conhecer coisas estranhas e superiores a ele próprio.

— *Medèn ágan*! — exclamou Pausânias. — Por isso, Sócrates dizia que, em vez de tentar explicar os mitos, aceitava a crença comum neles e, em vez de procurar explicar os monstros que enfrentam os deuses, preferia saber se ele mesmo não era um monstro mais cego e mais ímpio que aqueles.

— Gostei desse Sócrates! — celebrou Fê. — Ele também achava chato esse negócio de explicar os mitos!

— Não só, Fê! — arrematou Pausânias. — Como você, também Sócrates não gostava de longas viagens.

— É claro! — justificou Fê. — Longas viagens são cansativas e entediantes!

— Não só por isso, Fê — ponderou Pausânias. — Uma vez que o que ele procurava não estava fora dele, mas dentro, zombava dos que achavam que, viajando pelo mundo, encontrariam alívio para seus conflitos íntimos, já que, aonde quer que fossem, lá levariam consigo esses mesmos conflitos.

Mas eu espero, Pausânias, que Sócrates tenha mandado inscrever no templo de Apolo o que ele dizia: "não explicar os mitos" e "não viajar em excesso".
Não, Fê; Sócrates procurava por meio da conversa fazer nascer na alma de seus interlocutores a simples vontade de aprender.
Mas diga, Pausânias, qual era, segundo Sócrates, a melhor maneira de cuidar da alma?
Estudando música.
E de cuidar do corpo?
Praticando ginástica.
Música e ginástica! Não é isso o que temos em Delfos?
Sim! Já visitamos o templo de Apolo; então vamos subir mais para os *páides* verem o teatro e o estádio!
Ah, mas antes disso eu quero ver o vão da terra onde caiu a serpente!
Eu também, pra ver os vapores que a pítia respirava!
Com calma, Fê!
Não se debruce tanto, Gu!
Ei, que será isto?!
Que lhe parece, Fê?

Ei, tô enxergando algo lá embaixo!
Parece a cabeça da serpente!
Não exatamente, Fê. Esse é o *omphalós*!
"Om-" o quê?!
Quer dizer...
O umbigo!
Puxa, Gu, você já tá entendendo grego?!
Grego?! Eu tô falando da sua charada:
"Fica abaixo de você, mas você não consegue saltar acima". É o umbigo!
Demorou, hein?! Mas como você adivinhou de repente?
Me debrucei aqui, pra olhar pra baixo, e vi o meu reflexo – vi o reflexo do meu umbigo na poça d'água!
Gu, você fez o que o homem da estrada mandou: olhou pra baixo e enxergou a resposta em cima! Agora, Pausânias, o que eu não sabia é que serpente tinha umbigo.
E não tem mesmo. Este é o umbigo do mundo!
E o mundo por acaso tem umbigo?!
Um dia, o deus Zeus soltou duas águias, uma de cada extremo do mundo. Elas voaram até que se encontraram bem aqui. Assim, ficou estabelecido que Delfos era o umbigo, isto é, o centro do mundo.

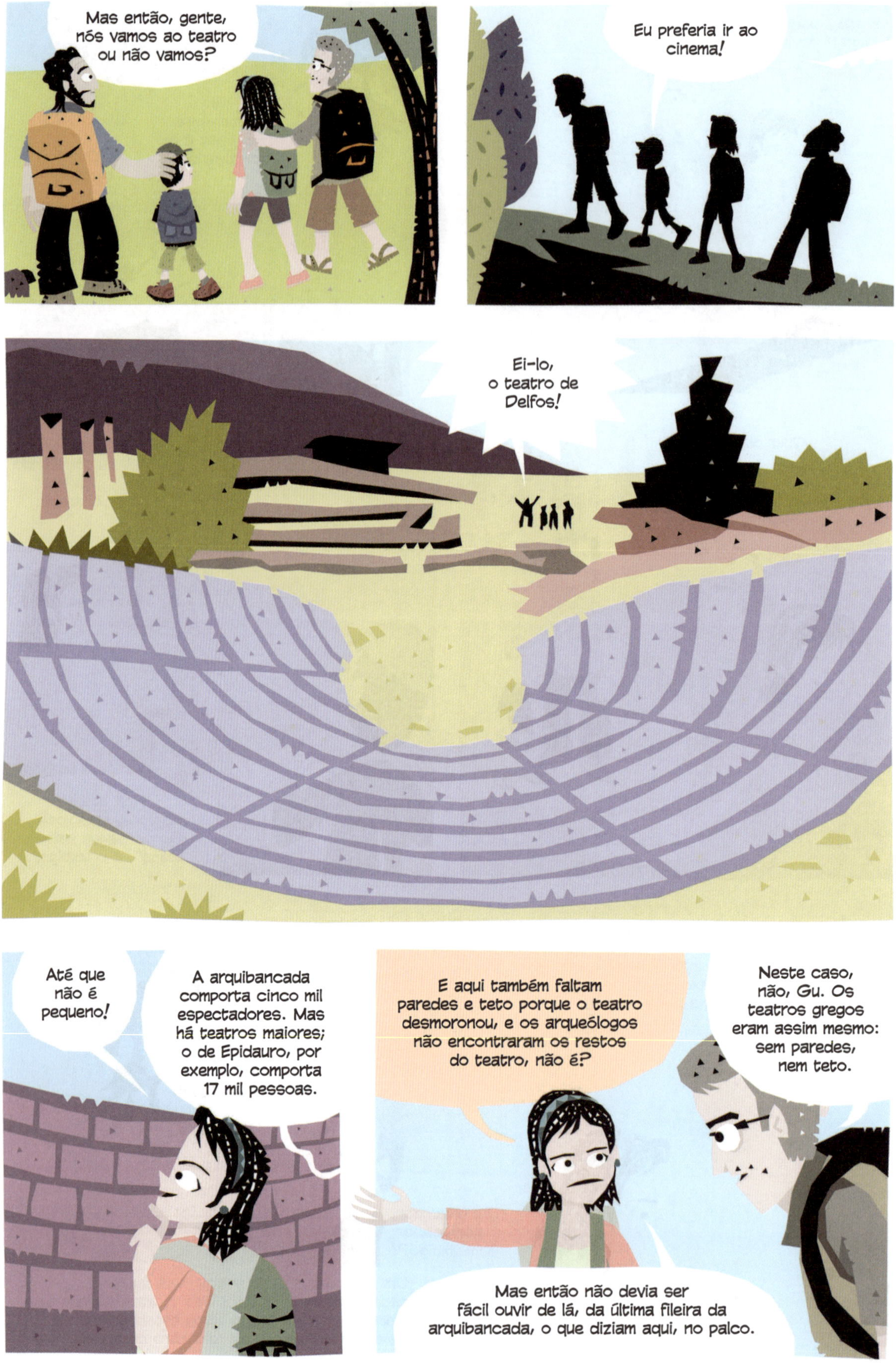
Mas então, gente, nós vamos ao teatro ou não vamos?
Eu preferia ir ao cinema!
Ei-lo, o teatro de Delfos!
Até que não é pequeno!
A arquibancada comporta cinco mil espectadores. Mas há teatros maiores; o de Epidauro, por exemplo, comporta 17 mil pessoas.
E aqui também faltam paredes e teto porque o teatro desmoronou, e os arqueólogos não encontraram os restos do teatro, não é?
Neste caso, não, Gu. Os teatros gregos eram assim mesmo: sem paredes, nem teto.
Mas então não devia ser fácil ouvir de lá, da última fileira da arquibancada, o que diziam aqui, no palco.

Hermógenes contou que ao teatro e também ao estádio — que ainda iam visitar — os gregos iam uma vez a cada quatro anos. Explicou que o que os atraía não eram peças, mas jogos, ou melhor, competições musicais no teatro, e competições atléticas no estádio. Fê, como de costume, comparou o antigo com o moderno:

— Uma vez a cada quatro anos? Como na Copa do Mundo?

— Como nos Jogos Olímpicos — precisou Hermógenes. — Há quase 2.800 anos, em 776 a.C., os gregos instituíram em Olímpia os Jogos Olímpicos, realizados em honra de Zeus a cada quatro anos. Quase duzentos anos depois, os anfictíones instituíram aqui, em Delfos, os Jogos Pítios, também quadrienais, realizados em honra de Apolo Pítio. Mas em Olímpia eram só competições atléticas, e aqui, competições atléticas e também musicais.

Fê interessou-se pelas competições musicais, e Hermógenes explicou que era porque Apolo, além de adivinho e arqueiro, também era músico — ou melhor, *citaredo*. Fê, é claro, nunca tinha ouvido o termo, mas Pausânias explicou:

— *Citaredo* era aquele que cantava enquanto tocava a cítara, que era um instrumento de cordas.

Agora, Pausânias juntara duas coisas do maior interesse de Fê: música e mito.

— Ambos exibiram seu virtuosismo — continuou Pausânias —, extraindo de seus instrumentos melodias nunca antes ouvidas. Até que Apolo inverteu a posição da cítara e tocou o instrumento ao contrário. Isso, contudo, não era possível fazer com o aulo, e Mársias saiu derrotado da competição. Assim, Apolo provou não só que era mais hábil que Mársias, mas que a cítara era superior ao aulo.

Passando da cítara à guitarra, Fê emendou:

— Jimi Hendrix também tocava segurando a guitarra atrás das costas! Acho que ele também derrotava esse tal Mársias.

Hermógenes ainda precisou:

— Talvez, Fê, mas em Delfos instrumentos diferentes não se misturavam na mesma competição. Desde a instituição dos Jogos Pítios quadrienais, os anfictíones foram diversificando as modalidades das competições musicais e também atléticas, mas quem tocava cítara não competia com quem tocava aulo, assim como quem corria a pé não competia com quem corria de carro. Só o prêmio é que era o mesmo: uma coroa de louros.

Puxa, eu queria ouvir isso!
Você se arrisca, Pausânias?
A pedidos...
Kékluth' Helikôna bathýdendron hai lákhete, Diõs eribrómou thýgatres euólenoi, k.t.l.
Que som legal! Não entendi nada, mas é muito legal!
Tio Hermógenes, você não vai traduzir?
Acho que é o seguinte: "Ouvi, as que habitais o Helicon denso em bosques, filhas de brancos braços de Zeus tonitruante", etc.
Isso já é a tradução?!
Continuo não entendendo nada, mas muito legal, mesmo assim!
Bem, acho que ainda falta subir um pouco mais, para visitar o estádio. Pausânias, siga daí com Fê, que eu e Gu encontramos vocês adiante.

Atualmente, na Grécia, o esporte mais popular não é outro senão o futebol, que lá se chama *podósphairo*. O principal campeonato nacional desse esporte é a Superliga Grega, ou melhor, *Soúper Línka Elláda*, e o time que soma o maior número de títulos nacionais é o Olympiacos, seguido pelo Panathinaikos e AEK. Não era a essa modalidade, evidentemente, que se destinava a pista do estádio de Delfos, nem, como observou Gu, à corrida de carros.

— Na verdade, aqui só se realizavam corridas a pé — confirmou Hermógenes. — Este estádio tem 178 metros de comprimento e 25 metros de largura, e os atletas disputavam três modalidades principais: o *stádion*, em que percorriam o estádio do início ao fim; o *díaulos*, em que o percorriam duas vezes, isto é, ida e volta; o *dólikhos*, em que o percorriam 24 vezes, isto é, 12 vezes ida e volta.

Fê, por sua vez, queria saber se as arquibancadas tinham a mesma acústica da arquibancada do teatro.

— Não, Fê. Aqui o objetivo não era ouvir, e sim ver. Mas estas são mais amplas que a do teatro. A arquibancada que está à direita tem 12 fileiras de assentos, e a que está à esquerda, seis fileiras. Ao todo, ambas comportavam sete mil espectadores.

Ai, e agora pra gente alcançar esse menino?
Vamos lá! Assim, aproveitamos pra dar uma espiada na paisagem.
O vencedor é Fê!
Criativo como ele é, Fê já deve estar se imaginando premiado com uma coroa de louros.
Gente, olhe só! O meu prêmio! Não é uma simples coroa de folhas; é uma verdadeira taça da vitória!
Pois é, ele vai sempre um pouco além do que a gente pode imaginar.
Fê, um momento! Não toque nisso!
Ora, essa! Parece que Fê encontrou mesmo alguma coisa.
Tio Hermógenes, você não sabe como é Pausânias? Vive dando corda à imaginação do Fê. Deve só estar brincando com ele.
Hermógenes, veja isto!
Essa não!
Gente, não é que era verdade?!
Verdade?! Sim, mas difícil de acreditar. Parece um vaso grego.

Tá brincando?! Fê, então isso é um achado arqueológico! Tio Hermógenes, será que isso passou despercebido aos arqueólogos?
Impossível, Gu! Este sítio foi inteiramente esquadrinhado, centímetro por centímetro. Descuido dos arqueólogos?! Impossível!
Bem, caro Hermógenes, já que, apesar de verdadeiro, é difícil de acreditar, talvez não seja mesmo descuido dos arqueólogos – talvez seja presente dos deuses.
Seja como for, a primeira coisa a fazer é avisar o museu de Delfos!
E a gente vai ter de ir ao museu a pé?!
Mas, Hermógenes, ir lá e deixar esta preciosidade aqui? Além do que os garotos estão cansados.
E o que você sugere?
Fiquem vocês três aqui, que eu vou descer ao museu.
Acho que é uma boa ideia!
Não demore, Pausânias!
Pausânias, cuidado com a serpente!

Os instrumentos musicais gregos

Que vaso mais engraçado! Tem duas alças...
Não lembra alguma coisa, Gu?
A miniatura que eu ganhei: uma ânfora!
Tinha duas alças, porque os gregos carregavam a ânfora na vertical, para transportar o líquido.
Ah, quer dizer que a forma dependia da função do vaso?
Exatamente!
A enócoe, por exemplo, era usada para servir o líquido. Por isso, tinha uma única alça, que ajudava na hora de vertê-lo, e um bocal bicudo, que o direcionava.
A minha mãe me ensinou a pintar cerâmica.
Ah, mas acho que os seus vasos saem um pouco mais coloridos que este. Coisa de menina, tio Hermógenes.
Coisa de época, Fê.
Os gregos começaram pintando figura preta sobre fundo vermelho; depois, também figura vermelha sobre fundo preto.

Figura vermelha sobre fundo preto, como a da ânfora!
Exatamente, figura vermelha de um músico. Você não reconhece o instrumento que ele está tocando, Fê?
Sim, é como a miniatura que eu ganhei: uma lira!
Reparem... a lira tem uma caixa de ressonância.
Parece casco de tartaruga!
E é! Por isso os gregos a chamavam *khélys*, que quer dizer "tartaruga". Reparem também: tem dois braços.
Parecem dois chifres!
Parecem mesmo! Por isso, os gregos os chamavam *kérata*, que quer dizer "chifres". Reparem ainda: tem uma trave em cima e outra embaixo, pra esticar as cordas.
Sete cordas!
Isso mesmo! Mas o número de cordas podia variar: às vezes três, às vezes quatro.

Além da lira, os gregos tinham outros instrumentos?
Sim, por exemplo, o BÁRBITO, que também tinha caixa de ressonância de casco de tartaruga; ou ainda, a CÍTARA e a FORMINGE, que tinham caixa de ressonância de madeira.
E esses instrumentos desapareceram?
Mais ou menos. Acho que, na verdade, eles se transformaram; por exemplo, no violão, que tem caixa de ressonância de madeira, arredondada, um único braço, reto, e seis ou sete cordas.
O meu pai me deu uma guitarra elétrica!
Ah! Mas é da mesma palavra grega *kithára* que vêm as duas portuguesas: cítara e guitarra!

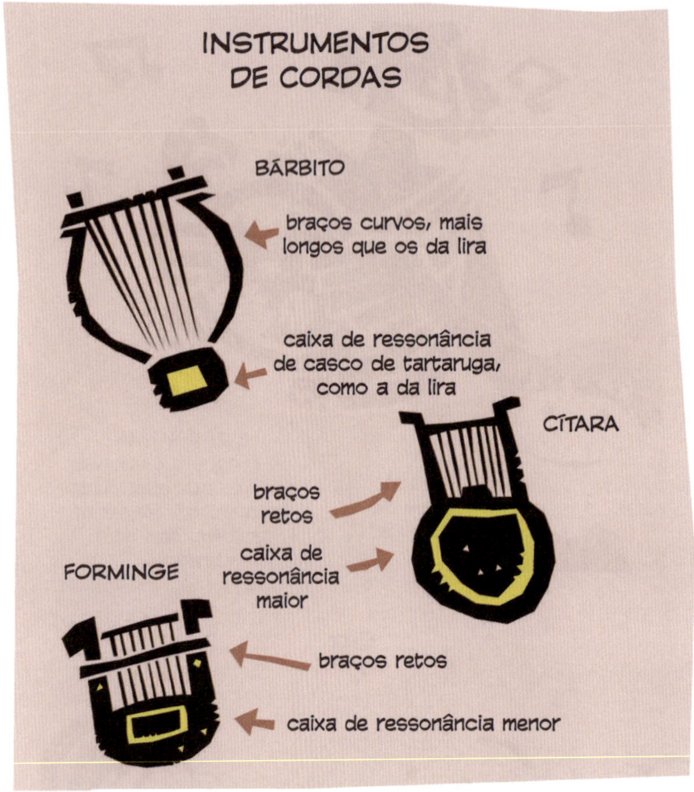
INSTRUMENTOS DE CORDAS
BÁRBITO
braços curvos, mais longos que os da lira
caixa de ressonância de casco de tartaruga, como a da lira
CÍTARA
braços retos
caixa de ressonância maior
FORMINGE
braços retos
caixa de ressonância menor

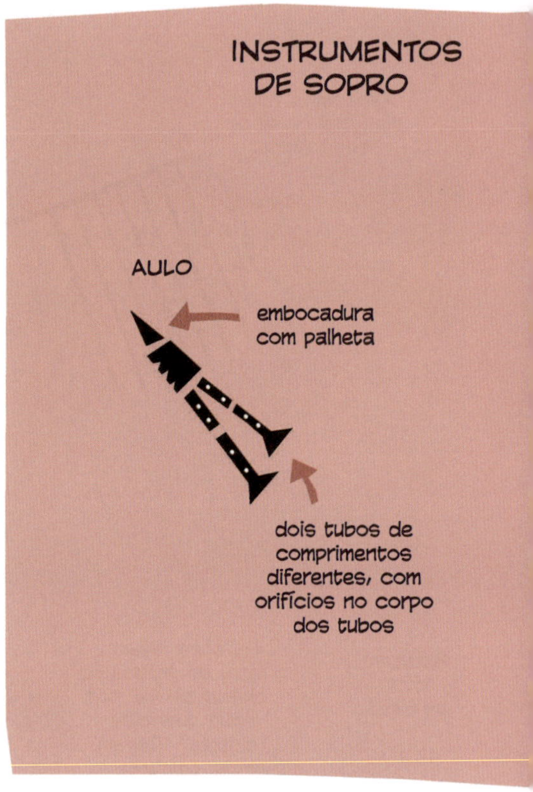
INSTRUMENTOS DE SOPRO
AULO
embocadura com palheta
dois tubos de comprimentos diferentes, com orifícios no corpo dos tubos

Mas os gregos só tinham instrumentos de cordas?
Não, assim como nós, tinham também instrumentos de sopro.
Como a flauta!
Isso mesmo!
Os gregos tinham vários instrumentos de sopro; por exemplo, o AULO, composto de dois tubos de comprimentos diferentes; a SIRINGE, composta de sete tubos de comprimentos diferentes; a SALPINGE, composta de um único tubo.

E os gregos tinham outros instrumentos?
Além dos de cordas e sopro, que usavam pra entoar a melodia, tinham também os de percussão, que usavam pra marcar o ritmo.
Como o tambor!
Isso mesmo!
Os gregos usavam vários instrumentos de percussão; por exemplo, os CÍMBALOS, que eram dois hemisférios de metal; o instrumentista segurava um em cada mão e percutia um contra o outro...
SIRINGE
embocaduras sem palheta
sete tubos de comprimentos diferentes, sem orifícios no corpo dos tubos
embocadura sem palheta
SALPINGE
tubo único, com orifícios no corpo do tubo
INSTRUMENTOS DE PERCUSSÃO
CÍMBALOS
dois hemisférios de metal
CRÓTALOS
castanholas de concha ou de metal
TÍMPANO
hemisfério de madeira fechado por uma pele de animal esticada
... ou, ainda, os CRÓTALOS, que eram castanholas de concha ou de metal; o instrumentista percutia um par de crótalos em cada mão.
... ou, ainda, o TÍMPANO, que era um hemisfério de madeira fechado por uma pele de animal esticada; o instrumentista segurava a base do tímpano numa mão e golpeava a pele com a outra.

Quanta coisa!
Os gregos adoravam música! Fazia parte da educação do cidadão, assim como a ginástica.
Já imaginou, Fê, o que teria sido se, em vez de guitarras elétricas, os Beatles tivessem usado esses instrumentos?
E não usaram, tio Hermógenes?! Eu li que eles usaram a cítara numa das músicas.
Ah, mas não era uma cítara grega, e sim um sitar indiano.
O Fê parece um daqueles maníacos que sabem tudo da música dos ídolos.
Não só da música, Gu – da vida também! Conhece todas as histórias dos quatro!
Se ele fosse um pouco mais velho, eu ia até acreditar que tinha conhecido cada um em pessoa.
Mas eu conheço um amigo que toca guitarra, e sei de uma história dele!
Um guitarrista?! Como você?! Já estamos sentados, Fê, prontos pra ouvir a sua história!
História ou mito?
Foi assim...
VILA OLÍMPIA

Seja
bem-vinda!

Não se assuste.
Você gostou dos meus quadros?
Você é colecionador de quadros?
ORFEO
ÓPERA DE CLAUDIO MONTEVERDI
LP
E de músicas também!
"Você já me levou ao paraíso, e agora..."
ORFANATO
BANDA ORPHICS
Que deu nele?!
VENDE-SE

GRRR!
"... e agora quer me mandar pro inferno!"
Estou aqui!
ZZZ
Fique tranquilo, ela está bem; além do que, não era com ela, mas com você que eu queria conversar.
Ei, conheço você de algum lugar! Mas eu não vim aqui conversar, vim buscá-la!
Mas é claro que me conhece! Alguns, graças a minha assessoria empresarial, já se tornaram verdadeiros mitos da música.

Devia se preocupar menos com a menina e mais com sua carreira. Venda os direitos autorais de sua última canção, e minha empresa, Plutonian Entertainments, vai divulga-lá na mídia.
CONTRATO
Sou músico...
... não sou carreirista!
Fique com a música, que eu fico com a musa.
Vamos, não olhe para trás.
VENDE-SE
VENDE-SE

Que história mais legal, Fê!
Ah, eu já devia ter imaginado. Com você, Fê, não tem história, nem mito, mas uma mistura das duas coisas.
Como assim, Gu?!
Essa não, tio Hermógenes! Vai dizer que não reconheceu?! A história do amigo de Fê tá mais pro mito...
... de Orfeu que pra qualquer coisa.
Refresque a nossa memória, Gu. Como é mesmo esse mito?
É assim...
ORFEU

Orfeu era um músico. Ia casar com Eurídice. Mas, quando ela passeava pelo campo, foi picada por uma serpente e morreu. Triste, Orfeu enchia os vales e reconcavos com seu canto de dor, até que, inconformado, decidiu descer ao mundo dos mortos para resgatar a amada. Com seu canto, adormeceu o terrível Cérbero, cão de três cabeças, que vigia a entrada daquele mundo subterrâneo e sombrio. Com seu canto, ainda, encantou a todos. Encantou os eternos penitentes. (Assim, a rocha que Sísifo eternamente empurra monte acima e que, quando atinge o topo, rola monte abaixo, por um momento, cessou de ser empurrada. Assim também, o pomo que Tântalo eternamente tenta alcançar com a mão e que, quando está para pegá-lo, se afasta, por um momento, deixou de ser almejado.) Orfeu encantou, enfim, os reis do mundo inferior, Hades e Perséfone. Por isso, estes permitiram que Eurídice o seguisse no caminho de volta à terra, não, porém, sem imporem uma condição: que Orfeu não se virasse para vê-la antes de atingir a luz do dia. E ele já vislumbrava os raios do sol, quando, temeroso de perdê-la mais uma vez e ansioso por revê-la, se virou. Imediatamente, Eurídice, tentando tocá-lo e ser tocada por ele, se esvaiu, e Orfeu teve de retornar sozinho. E assim, abatido pela segunda morte da amada, Orfeu foi viver em lugares desertos, rejeitando o convívio com os outros e, sobretudo, o amor das outras mulheres. Um dia, passaram por ele as mênades, oficiantes do culto de Dioniso, deus do vinho. Sob os efeitos da bebida, as mênades investiram contra Orfeu, aborrecidas por ele ter rejeitado o amor delas. Cada uma tomou nas mãos algo que servisse de arma — um punhado de terra, um pedaço de galho, uma lasca de pedra — para atirar nele. A princípio, cada coisa que atiravam parava no ar, sem atingi-lo, sob o encanto da voz de Orfeu e do som de sua lira. Depois, as mênades começaram a soprar umas flautas e a percutir uns tímpanos, até que o som destes encobriu a música de Orfeu, e ele foi golpeado por todos os lados. Enfim, as mênades lançaram-se sobre o corpo de Orfeu para dilacerá-lo. Cada uma arrancou uma parte, e elas espalharam pelos arredores a cabeça, os braços, as pernas do músico.

Que mito mais terrível, Gu!
Essas mênades parecem aquelas fãs dos Beatles! Completamente loucas, fariam qualquer coisa pra agarrar um deles!
Mas cadê o Pausânias?
Pois é, Gu, assim como Orfeu, também Pausânias fez a sua descida.
Mas o museu de Delfos é mais próximo que o mundo dos mortos. Ele já deve estar voltando.
Enquanto o aguardamos, que tal irmos até a beira do caminho, admirar a paisagem?
Se a caminhada não for longa...
Incrível, não?
Lindo!
Demais!
FIM

Anotações de Viagem

Nós e Pausânias a caminho de Delfos.

O asterisco (*) remete a outras palavras do glossário.

ambrosia: alimento que os deuses gregos* degustam em seus banquetes, no monte Olimpo, juntamente com o néctar*.

Anfictíon: filho de Deucalion* e Pirra*. Rei da cidade de Atenas. A ele atribui-se a criação da Liga dos Anfictíones*.

anfictíones: membros da liga de 12 cidades gregas* que controlavam o templo de Apolo* na cidade de Delfos.

Anfíon: filho de Zeus* e Antíope, e irmão de Zeto*. Enquanto este aprendeu artes mais brutais, isto é, luta e agricultura, Anfíon estudou uma arte mais suave, isto é, música. Os irmãos tomaram a cidade de Tebas, e Anfíon reinou sobre os tebanos. Tocando sua lira, Anfíon fez as pedras moverem-se de modo a formar os muros de Tebas.

Ruínas do templo de Apolo no sítio arqueológico.

Apolo: filho de Zeus* e Leto*, e irmão de Ártemis*. Preside as artes da adivinhação, medicina, arco e flecha, música. Foi cultuado nas cidades de Claro, Delo, Dídimo, Lícia, Delfos.

Ararat: monte situado no extremo leste da Turquia, e o mais alto do país. No cume dele, a arca de Noé* aportou após o dilúvio.

Ártemis: Deusa grega*. Filha de Zeus* e Leto*, e irmã de Apolo*. Preside a mata e as feras. Ao lado de Atena e Héstia, é uma das três deusas virgens. Foi cultuada em Éfeso, Delo, Eubeia, Paro, Samo.

Ásia Menor: região sudoeste da Ásia que se estende por entre o mar Negro, o mar Egeu e o mar Mediterrâneo. Hoje, é parte da Turquia; na Antiguidade, porém, era habitada por diversos povos: na costa oeste, havia cidades gregas*; no interior, territórios frígios, mísios, lídios*, cários, lícios.

Atrahasis: epíteto de Utnapishtim*.

Bíblia: coleção de escritos canônicos da religião judaica, aos quais foram agregados, a partir do século I a.C., textos da religião cristã. O conjunto dos textos judaicos foi redigido majoritariamente em hebraico, minoritariamente em aramaico, e consta de três partes — a primeira é Torah ("Instrução"), que reúne os cinco primeiros livros da Bíblia, entre os quais Gênesis e Êxodo; a segunda é Nevi'im ("Profetas"), que reúne oito livros, entre os quais Reis, Isaías e Ezequiel; e a terceira é Ketuvim ("Escritos"), que reúne 11 livros, entre os quais Salmos, Provérbios e Cântico dos cânticos.

Cérbero: cão de múltiplas cabeças que guarda a entrada do mundo dos mortos. Filho de Equidna e Tifon e irmão de Orto e Hidra.

Céu: deus grego*. Filho de Terra*, que o gerou sem intercurso amoroso. Foi o primeiro deus a reinar sobre os demais imortais.

cidades gregas: as antigas cidades gregas (*pólis*) não compunham uma federação, de modo que não tinham de obedecer a um governo central. Cada cidade instituía seus próprios governantes, suas leis, seus costumes. No século V a.C., a constituição de Atenas era democrática; a de Esparta, aristocrática; a de Tebas, monárquica. Apesar disso, desenvolveu-se uma identidade grega por oposição à identidade chamada bárbara.

Circe: filha de Sol e Perseide e irmã de Eetes, Pasífae, Perses. Feiticeira da ilha Aiaia.

Ciro: rei dos persas (576-530 a.C.). Expandiu seu poder dominando os medos, lídios*, babilônios.

Crescente Fértil: região do Oriente Médio que compreende a Mesopotâmia* e o Levante, cujas terras são irrigadas pelos rios Tigre, Eufrates, Jordão. O nome explica-se porque a região tem a forma da lua crescente, e suas terras férteis contrastam com as terras áridas das regiões vizinhas. É considerada um dos berços da civilização. Lá, em épocas diferentes, diversos povos, nativos e peregrinos, interagiram, a saber: sumérios*, acádicos, babilônios, assírios, hebreus*, aramaicos, hititas, fenícios*, medos, persas, macedônios, partas.

Creso: rei dos lídios* (610-546 a.C.). Interagiu intensamente com os gregos*, em particular, em Éfeso e Delfos, até que foi submetido por Ciro*.

Deucalion: filho de Prometeu e Clímene e marido de Pirra*. Antigo habitante da região da Tessália. Sobreviveu ao dilúvio que Zeus* provocou para punir a perfídia e violência dos homens.

deuses gregos: os antigos gregos* cultuavam vários deuses. Cada deus tinha dons particulares e era cultuado diferentemente numa ou noutra cidade. Nos séculos I e II, os gregos tomaram conhecimento do culto cristão do deus único; nos séculos II e III, os teólogos Clemente e Orígenes de Alexandria operaram a fusão da filosofia grega com a religião cristã; no início do século IV, o príncipe Constantino adotou o culto cristão; em meados do século IV, o príncipe Juliano restaurou o culto antigo dos vários deuses; posteriormente, acabou por prevalecer o culto cristão. Hoje, a religião oficial da Grécia é a cristã ortodoxa.

A deusa Atena também era cultuada em Delfos. Acima, as ruínas de seu templo.

Dioniso: deus grego*. Filho de Zeus* e Sêmele. Preside a videira, a fermentação da uva, os efeitos do vinho. Foi cultuado em Esmirna, Claro, Éfeso, Tebas, Orcômeno, Atenas, Trácia, Arcádia.

Édipo: filho de Laio* e Jocasta. Rei da cidade de Tebas. Foi criado em Corinto por pais adotivos. Tornou-se adulto e saiu à procura do pai. Ao cruzar a Fócide, topou com o próprio Laio, mas os dois não se reconheceram.

estádio: pista plana na qual se realizavam as competições ginásticas (corrida, arremesso de dardo, arremesso de disco, salto, luta). Juntamente com o hipódromo (pista para competições equestres), compunha o circuito atlético dos Jogos Olímpicos* e outros.

O estádio de Delfos. Demais!

Eufrates: rio que nasce a leste da Turquia, atravessa os territórios de Síria e Iraque e deságua no golfo Pérsico. Ao lado do Tigre*, foi um dos dois rios mais importantes da Mesopotâmia*. Às suas margens floresceram as cidades de Ur, Uruk, Nippur, Babilônia.

Eurídice: ninfa. Mulher de Orfeu*.

fenícios: povo semita* que se estabeleceu no Levante no terceiro milênio a.C. e lá fundou as cidades de Tiro, Sidon e Biblos. Desenvolveram o alfabeto que foi transmitido aos gregos*, e daí aos romanos, e então a nós.

Saudades do tio Hermógenes!

gregos: povo indo-europeu* que se estabeleceu no território da atual Grécia (Tebas, Atenas, Corinto, Micenas, Argo, Esparta) no fim do segundo milênio a.C. No fim do primeiro milênio a.C., parte deles emigrou para Creta e a costa da Ásia Menor* (Esmirna, Cólofon, Quio, Éfeso, Mileto, Halicarnasso, Rodes). No século VIII a.C., fundaram cidades no sul da atual Itália (Nápoles, Crotona, Siracusa), no sul da atual França (Marselha), no norte da África (Cirene, Náucratis), na costa do mar de Mármara (Bizâncio, Lâmpsaco) e do mar Negro (Istro, Sinope, Fásis).

guerra de Troia: guerra movida por Esparta, Micenas e outras cidades gregas* aliadas (Ítaca, Pilo, Salamina, Orcômeno, etc.) contra Troia e cidades aliadas das regiões vizinhas (Mísia, Meônia, Lícia, Lindo, etc.). A causa da guerra foi o rapto de Helena, mulher do rei de Esparta, Menelau, perpetrado por Páris, filho do rei de Troia, Príamo.

Hades: deus grego*. Filho de Crono e Rea e irmão de Zeus*, Posidon*, Hera, Demetre e Héstia. Reina no mundo subterrâneo, onde preside os mortos. Foi cultuado em Elêusis, Atenas.

hebreus: povo semita* que se estabeleceu no Levante por volta do século XIII a.C. e lá fundou as cidades de Jericó, Gaza, Jerusalém. Redigiram em hebraico e também em aramaico os livros canônicos da religião judaica, os quais fazem parte da Bíblia*.

Hefesto: filho de Hera, que o gerou sem intercurso amoroso. Preside o fogo, a forja, o artesanato. Foi cultuado em Lemno, Atenas, Epidauro, Cumas, Nápoles, Etna, Sicília.

hiperbóreos: habitantes do polo norte. Cultuam Apolo* e vivem uma vida justa, feliz e longeva. A cada ano, os hiperbóreos enviam oferendas a Delo, e Apolo retira-se para junto deles no inverno.

indo-europeus: grupo de povos da Ásia central que se espalharam pelo platô iraniano, sul da Ásia, Ásia Menor*, Europa, a partir do terceiro milênio a.C. À medida que se espalharam, sua língua transformou-se, gerando as línguas indo-iranianas (prácrito, sânscrito, persa), anatólias (hitita), helênicas (dialetos gregos), itálicas (latim), célticas (celta), germânicas (gótico, antigo alemão, antigo inglês), eslavas (russo, polonês), armênias (armênio). O latim, por sua vez, transformou-se, gerando as línguas neolatinas, entre as quais está o português.

Jogos Olímpicos: instituídos em 776 a.C. Competições atléticas realizadas a cada quatro anos em honra de Zeus*. Ao lado dos Jogos Pítios*, Ístmios e Nemeios, eram uma das quatro competições pan-helênicas.

Jogos Pítios: instituídos em 582 a.C. Competições musicais e atléticas realizadas a cada quatro anos em honra de Apolo*. Ao lado dos Jogos Olímpicos*, Ístmios e Nemeios, eram uma das quatro competições pan-helênicas.

Laio: filho de Lábdaco. Rei da cidade de Tebas.

Leto: filha de Ceio e Febe e irmã de Astéria. Foi cultuada na Lídia.

lídios: povo indo-europeu* que se estabeleceu na Lídia (centro-oeste da Ásia Menor*) no segundo milênio a.C. e lá fundou a cidade de Sardes no século VIII a.C.

Mársias: sátiro (ser que tem patas, orelhas e chifres caprinos, crina equina, face, tronco e braços humanos) que encontrou o aulo da deusa Atena e com ele desafiou Apolo.

Escultura representando o duelo musical entre Apolo e Mársias.

Nosso piquenique estava uma delícia!

mênades: o mesmo que bacas, isto é, mulheres que oficiam o culto do deus Dioniso* em estado de embriaguez mística.

Mesopotâmia: parte da região do Crescente Fértil* que compreende o atual Iraque e parte da Síria. O nome provém do grego: *mésos* ("meio") + *potamós* ("rio"), uma vez que a região se estende por entre dois rios: o Tigre* e o Eufrates*.

musas: nove filhas de Zeus* e Memória: Calíope, Clio, Polímnia, Euterpe, Terpsícore, Érato, Tália, Melpômene, Urânia. Conduzidas por Apolo*, cantam durante os banquetes dos deuses no Olimpo. Presidem a recitação e o canto. Foram cultuadas na encosta do Olimpo, na Beócia, Piéria, Ascra, Têspias, Delfos, Orcômeno.

néctar: bebida que os deuses degustam em seus banquetes, no Olimpo, juntamente com a ambrosia*.

Noé: personagem da Bíblia*. Sobreviveu ao dilúvio que Deus produziu para punir a corrupção dos homens.

Orfeu: filho de Eagro e Calíope. Habitante da região da Trácia. Desceu ao mundo dos mortos para tentar resgatar Eurídice*.

Parnaso: monte da região da Fócide. No cume dele, Deucalion* e Pirra* sobreviveram ao dilúvio. Na encosta sul do Parnaso, Apolo* fundou seu templo e instituiu seu culto.

persas: povo indo-europeu* que se estabeleceu no território do atual Irã no segundo milênio a.C. No século VI a.C., Ciro*, rei dos persas, fundou as cidades de Persépolis e Pasárgada.

Perséfone: filha de Zeus* e Demetre. Casada com Hades*, passa parte do ano com o marido no subterrâneo, e parte do ano com a mãe sobre a terra. Preside o ciclo do trigo. Foi cultuada em Elêusis.

Pirra: filha de Epimeteu e Pandora e mulher de Deucalion*.

Posidon: filho de Crono e Rea e irmão de Zeus*, Hades*, Hera, Demetre e Héstia. Reina no mundo aquático, seja no mar, seja nos lençóis freáticos, e preside os fenômenos marítimos e sísmicos. Foi cultuado na Acaia, Argólide, Arcádia, Corinto, Tessália, Beócia, Fócide.

semitas: grupo de povos do centro-oeste da África que se espalharam pelo delta do Nilo, Levante e Mesopotâmia* a partir do quarto milênio a.C. À medida que se espalharam, sua língua transformou-se, gerando as línguas semíticas do leste (acádico), semíticas do noroeste (hebraico, aramaico, siríaco, fenício), semíticas do oeste (amárico), arábicas (árabe).

sete sábios: viveram entre os séculos VII e VI a.C. em diferentes cidades gregas* — Biante de Priene, Cleobulo de Lindo, Periandro de Corinto, Pítaco de Mitilene, Quilon de Lacedêmone, Solon de Atenas, Tales de Mileto. A cada um atribuiu-se uma sentença: a Quilon, "conhece-te a ti mesmo", e a Solon, "nada em excesso".

Sísifo: filho de Éolo e Enárete e irmão de Creteu, Salmoneu, Atamante, Deion, Magnes e Perieres. Rei da cidade de Corinto. Ao lado de Tântalo*, Ixíon, Títio, Danaides, é um dos eternos penitentes do mundo dos mortos. Empurra uma pedra monte acima; ao chegar ao cume, porém, a pedra rola monte abaixo, e Sísifo tem de recomeçar seu trabalho.

Sócrates: filósofo ateniense (469-399 a.C.).

Caminhamos muito, mas valeu a pena!

Enquanto os filósofos precedentes investigaram os elementos da natureza ou formularam os princípios da argumentação, Sócrates chamou atenção para o exame de nós mesmos; em outras palavras, ao passo que os filósofos precedentes se interessaram pelas questões físicas e lógicas, Sócrates dedicou-se à questão ética.

sumérios: povo de origem desconhecida que falava uma língua que não tem relação com nenhuma outra. Estabeleceram-se na Mesopotâmia* no quarto milênio a.C. e lá fundaram as cidades de Uruk, Ur, Nippur.

Tântalo: filho de Zeus* e Pluto. Rei da região da Lídia. Ao lado de Sísifo*, Ixíon, Títio, Danaides, é um dos eternos penitentes do mundo dos mortos. Padece fome e sede eternas — mergulhado em água até o pescoço, o nível da água baixa assim que tenta alcançá-la com a boca; parado sob um ramo cheio de frutos, o ramo da árvore sobe, assim que tenta alcançá-lo com a mão.

teatro: a partir do século IV a.C., os teatros gregos passaram a obedecer ao padrão do teatro de Atenas. São teatros de pedra construídos em três partes sobre terreno íngreme: a) arquibancada côncava: fileiras de assentos que acompanham a inclinação do terreno, nas quais se instalavam os espectadores e os juízes; b) orquestra: parte plana inferior de forma circular ou semicircular, na qual o coro cantava e dançava; c) cena: parte plana inferior de forma retangular, na qual os atores recitavam. Os teatros não têm teto nem paredes; no entanto, a acústica é perfeita.

Panorâmica com ruínas do teatro de Delfos.

Telégono: filho de Ulisses* e Circe*.

Telêmaco: filho de Ulisses* e Penélope.

Terra: ao lado de Caos, Tártaro e Amor, é um dos quatro deuses primordiais. É a sede inabalável de todos. Foi cultuada em Atenas, Acaia, Esparta.

Tigre: rio que nasce a leste da Turquia, atravessa o Iraque e se junta ao Eufrates* pouco antes de este desaguar no golfo Pérsico. Ao lado do Eufrates, foi um dos dois rios mais importantes da Mesopotâmia*. Às suas margens floresceram as cidades de Assur, Nínive, Nimrud.

Fizemos várias descobertas. Encontramos até uma ânfora!

Ulisses: filho de Laertes e Anticleia. Rei da ilha de Ítaca. Ausentou-se de casa por vinte anos: primeiro, por causa da guerra de Troia*, que se estendeu por dez anos; depois, por causa da navegação de retorno, que lhe consumiu outros dez anos. Por isso, ao retornar a sua casa, não foi reconhecido pelos seus.

Utnapishtim: personagem da *Epopeia de Gilgamesh*. Sobreviveu ao dilúvio produzido pelos deuses.

Zeto: filho de Zeus* e Antíope e irmão de Anfíon*. Enquanto este estudou uma arte mais suave, isto é, música, Zeto aprendeu artes mais brutais, isto é, luta e agricultura.

Zeus: filho de Crono e Rea e irmão de Posidon*, Hades*, Hera, Demetre e Héstia. Após destronar o pai, tornou-se o terceiro deus a reinar sobre os demais imortais. Reina no céu, onde preside os fenômenos atmosféricos. Foi cultuado em Dodona, Olímpia, Liceio, Creta, Lícia.